Néhémie

La Bible

Néhémie 1

1. Paroles de Néhémie, fils de Hacalia. Au mois de Kisleu, la vingtième année, comme j'étais à Suse, dans la capitale,

2. Hanani, l'un de mes frères, et quelques hommes arrivèrent de Juda. Je les questionnai au sujet des Juifs réchappés qui étaient restés de la captivité, et au sujet de Jérusalem.

3. Ils me répondirent : Ceux qui sont restés de la captivité sont là dans la province, au comble du malheur et de l'opprobre ; les murailles de Jérusalem sont en ruines, et ses portes sont consumées par le feu.

4. Lorsque j'entendis ces choses, je m'assis, je pleurai, et je fus plusieurs jours dans la désolation. Je jeûnai et je priai devant le Dieu des cieux,

5. et je dis : O Éternel, Dieu des cieux, Dieu grand et redoutable, toi qui gardes ton alliance et qui fais miséricorde à ceux qui t'aiment et qui observent tes commandements !

6. Que ton oreille soit attentive et que tes yeux soient ouverts : écoute la prière que ton serviteur t'adresse en ce moment, jour et nuit, pour tes serviteurs les enfants d'Israël, en confessant les péchés des enfants d'Israël, nos péchés contre toi ; car moi et la maison de mon père, nous avons péché.

7. Nous t'avons offensé, et nous n'avons point observé les commandements, les lois et les ordonnances que tu prescrivis à Moïse, ton serviteur.

8. Souviens-toi de cette parole que tu donnas ordre à Moïse, ton serviteur, de prononcer. Lorsque vous pécherez, je vous disperserai parmi les peuples ;

9. mais si vous revenez à moi, et si vous observez mes commandements et les mettez en pratique, alors, quand vous seriez exilés à l'extrémité du ciel, de là je vous rassemblerai et je vous ramènerai dans le lieu que j'ai choisi pour y faire résider mon nom.

10. Ils sont tes serviteurs et ton peuple, que tu as rachetés par ta grande puissance et par ta main forte.

11. Ah ! Seigneur, que ton oreille soit attentive à la prière de ton serviteur, et à la prière de tes serviteurs qui veulent craindre ton nom ! Donne aujourd'hui du succès à ton serviteur, et fais-lui trouver grâce devant cet homme ! J'étais alors échanson du roi.

Néhémie 2

1. Au mois de Nisan, la vingtième année du roi Artaxerxès, comme le vin était devant lui, je pris le vin et je l'offris au roi. Jamais je n'avais paru triste en sa présence.

2. Le roi me dit : Pourquoi as-tu mauvais visage ? Tu n'es pourtant pas malade ; ce ne peut être qu'un chagrin de coeur. Je fus saisi d'une grande crainte,

3. et je répondis au roi : Que le roi vive éternellement ! Comment n'aurais-je pas mauvais visage, lorsque la ville où sont les sépulcres de mes pères est détruite et que ses portes sont consumées par le feu ?

4. Et le roi me dit : Que demandes-tu ? Je priai le Dieu des cieux,

5. et je répondis au roi : Si le roi le trouve bon, et si ton serviteur lui est agréable, envoie-moi en Juda, vers la ville des sépulcres de mes pères, pour que je la rebâtisse.

6. Le roi, auprès duquel la reine était assise, me dit alors : Combien ton voyage durera-t-il, et quand seras-tu de retour ? Il plut au roi de me laisser partir, et je lui fixai un temps.

7. Puis je dis au roi : Si le roi le trouve bon, qu'on me donne des lettres pour les gouverneurs de l'autre côté du fleuve, afin qu'ils me laissent passer et entrer en Juda,

8. et une lettre pour Asaph, garde forestier du roi, afin qu'il me fournisse du bois de charpente pour les portes de la citadelle près de la maison, pour la muraille de la ville, et pour la maison que j'occuperai. Le roi me donna ces lettres, car la bonne main de mon Dieu était sur moi.

9. Je me rendis auprès des gouverneurs de l'autre côté du fleuve, et je leur remis les lettres du roi, qui m'avait fait accompagner par des chefs de l'armée et par des cavaliers.

10. Sanballat, le Horonite, et Tobija, le serviteur ammonite, l'ayant appris, eurent un grand déplaisir de ce qu'il venait un homme pour chercher le bien des enfants d'Israël.

11. J'arrivai à Jérusalem, et j'y passai trois jours.

12. Après quoi, je me levai pendant la nuit avec quelques hommes, sans avoir dit à personne ce que mon Dieu m'avait mis au coeur de faire pour Jérusalem. Il n'y avait avec moi d'autre bête de somme que ma propre monture.

13. Je sortis de nuit par la porte de la vallée, et je me dirigeai contre la source du dragon et vers la porte du fumier, considérant les murailles en ruines de Jérusalem et réfléchissant à ses portes consumées par le feu.

14. Je passai près de la porte de la source et de l'étang du roi, et il n'y avait point de place par où pût passer la bête qui était sous moi.

15. Je montai de nuit par le torrent, et je considérai encore la muraille. Puis je rentrai par la porte de la vallée, et je fus ainsi de retour.

16. Les magistrats ignoraient où j'étais allé, et ce que je faisais. Jusqu'à ce moment, je n'avais rien dit aux Juifs, ni aux sacrificateurs, ni aux grands, ni aux magistrats, ni à aucun de ceux qui s'occupaient des affaires.

17. Je leur dis alors : Vous voyez le malheureux état où nous sommes ! Jérusalem est détruite, et ses portes sont consumées par le feu ! Venez, rebâtissons la muraille de Jérusalem, et nous ne serons plus dans l'opprobre.

18. Et je leur racontai comment la bonne main de mon Dieu avait été sur moi, et quelles paroles le roi m'avait adressées. Ils dirent : Levons-nous, et bâtissons ! Et ils se fortifièrent dans cette bonne résolution.

19. Sanballat, le Horonite, Tobija, le serviteur ammonite, et Guéschem, l'Arabe, en ayant été informés, se moquèrent de nous et nous méprisèrent. Ils dirent : Que faites-vous là ? Vous révoltez-vous

contre le roi ?

20. Et je leur fis cette réponse : Le Dieu des cieux nous donnera le succès. Nous, ses serviteurs, nous nous lèverons et nous bâtirons ; mais vous, vous n'avez ni part, ni droit, ni souvenir dans Jérusalem.

Néhémie 3

1. Éliaschib, le souverain sacrificateur, se leva avec ses frères, les sacrificateurs, et ils bâtirent la porte des brebis. Ils la consacrèrent et en posèrent les battants ; ils la consacrèrent, depuis la tour de Méa jusqu'à la tour de Hananeel.
2. A côté d'Éliaschib bâtirent les hommes de Jéricho ; à côté de lui bâtit aussi Zaccur, fils d'Imri.
3. Les fils de Senaa bâtirent la porte des poissons. Ils la couvrirent, et en posèrent les battants, les verrous et les barres.
4. A côté d'eux travailla aux réparations Merémoth, fils d'Urie, fils d'Hakkots ; à côté d'eux travailla Meschullam, fils de Bérékia, fils de Meschézabeel ; à côté d'eux travailla Tsadok, fils de Baana ;
5. à côté d'eux travaillèrent les Tekoïtes, dont les principaux ne se soumirent pas au service de leur seigneur.
6. Jojada, fils de Paséach, et Meschullam, fils de Besodia, réparèrent la vieille porte. Ils la couvrirent, et en posèrent les battants, les verrous et les barres.
7. A côté d'eux travaillèrent Melatia, le Gabaonite, Jadon, le Méronothite, et les hommes de Gabaon et de Mitspa, ressortissant au siège du gouverneur de ce côté du fleuve ;
8. à côté d'eux travailla Uzziel, fils de Harhaja, d'entre les orfèvres, et à côté de lui travailla Hanania, d'entre les parfumeurs. Ils laissèrent Jérusalem jusqu'à la muraille large.
9. A côté d'eux travailla aux réparations Rephaja, fils de Hur, chef de la moitié du district de Jérusalem.

10. A côté d'eux travailla vis-à-vis de sa maison Jedaja, fils de

Harumaph, et à côté de lui travailla Hattusch, fils de Haschabnia.

11. Une autre portion de la muraille et la tour des fours furent réparées par Malkija, fils de Harim, et par Haschub, fils de Pachath Moab.

12. A côté d'eux travailla, avec ses filles, Schallum, fils d'Hallochesch, chef de la moitié du district de Jérusalem.

13. Hanun et les habitants de Zanoach réparèrent la porte de la vallée. Ils la bâtirent, et en posèrent les battants, les verrous et les barres. Ils firent de plus mille coudées de mur jusqu'à la porte du fumier.

14. Malkija, fils de Récab, chef du district de Beth Hakkérem, répara la porte du fumier. Il la bâtit, et en posa les battants, les verrous et les barres.

15. Schallum, fils de Col Hozé, chef du district de Mitspa, répara la porte de la source. Il la bâtit, la couvrit, et en posa les battants, les verrous et les barres. Il fit de plus le mur de l'étang de Siloé, près du jardin du roi, jusqu'aux degrés qui descendent de la cité de David.

16. Après lui Néhémie, fils d'Azbuk, chef de la moitié du district de Beth Tsur, travailla aux réparations jusque vis-à-vis des sépulcres de David, jusqu'à l'étang qui avait été construit, et jusqu'à la maison des héros.

17. Après lui travaillèrent les Lévites, Rehum, fils de Bani, et à côté de lui travailla pour son district Haschabia, chef de la moitié du district de Keïla.

18. Après lui travaillèrent leurs frères, Bavvaï, fils de Hénadad, chef de la moitié du district de Keïla ;

19. et à côté de lui Ézer, fils de Josué, chef de Mitspa, répara une autre portion de la muraille, vis-à-vis de la montée de l'arsenal, à l'angle.

20. Après lui Baruc, fils de Zabbaï, répara avec ardeur une autre portion, depuis l'angle jusqu'à la porte de la maison d'Éliaschib, le souverain sacrificateur.

21. Après lui Merémoth, fils d'Urie, fils d'Hakkots, répara une autre portion depuis la porte de la maison d'Éliaschib jusqu'à l'extrémité de la maison d'Éliaschib.

22. Après lui travaillèrent les sacrificateurs des environs de

Jérusalem.

23. Après eux Benjamin et Haschub travaillèrent vis-à-vis de leur maison. Après eux Azaria, fils de Maaséja, fils d'Anania, travailla à côté de sa maison.

24. Après lui Binnuï, fils de Hénadad, répara une autre portion, depuis la maison d'Azaria jusqu'à l'angle et jusqu'au coin.

25. Palal, fils d'Uzaï, travailla vis-à-vis de l'angle et de la tour supérieure qui fait saillie en avant de la maison du roi près de la cour de la prison. Après lui travailla Pedaja, fils de Pareosch.

26. Les Néthiniens demeurant sur la colline travaillèrent jusque vis-à-vis de la porte des eaux, à l'orient, et de la tour en saillie.

27. Après eux les Tekoïtes réparèrent une autre portion, vis-à-vis de la grande tour en saillie jusqu'au mur de la colline.

28. Au-dessus de la porte des chevaux, les sacrificateurs travaillèrent chacun devant sa maison.

29. Après eux Tsadok, fils d'Immer, travailla devant sa maison. Après lui travailla Schemaeja, fils de Schecania, gardien de la porte de l'orient.

30. Après eux Hanania, fils de Schélémia, et Hanun, le sixième fils de Tsalaph, réparèrent une autre portion de la muraille. Après eux Meschullam, fils de Bérékia, travailla vis-à-vis de sa chambre.

31. Après lui Malkija, d'entre les orfèvres, travailla jusqu'aux maisons des Néthiniens et des marchands, vis-à-vis de la porte de Miphkad, et jusqu'à la chambre haute du coin.

32. Les orfèvres et les marchands travaillèrent entre la chambre haute du coin et la porte des brebis.

Néhémie 4

1. Lorsque Sanballat apprit que nous rebâtissions la muraille, il fut en colère et très irrité.

2. Il se moqua des Juifs, et dit devant ses frères et devant les soldats de Samarie : A quoi travaillent ces Juifs impuissants ? Les laissera-t-on faire ? Sacrifieront-ils ? Vont-ils achever ? Redonneront-ils vie à des pierres ensevelies sous des monceaux de poussière et consumées par le feu ?

3. Tobija, l'Ammonite, était à côté de lui, et il dit : Qu'ils bâtissent seulement ! Si un renard s'élance, il renversera leur muraille de pierres !

4. Écoute, ô notre Dieu, comme nous sommes méprisés ! Fais retomber leurs insultes sur leur tête, et livre-les au pillage sur une terre où ils soient captifs.

5. Ne pardonne pas leur iniquité, et que leur péché ne soit pas effacé de devant toi ; car ils ont offensé ceux qui bâtissent.

6. Nous rebâtîmes la muraille, qui fut partout achevée jusqu'à la moitié de sa hauteur. Et le peuple prit à coeur ce travail.

7. Mais Sanballat, Tobija, les Arabes, les Ammonites et les Asdodiens, furent très irrités en apprenant que la réparation des murs avançait et que les brèches commençaient à se fermer.

8. Ils se liguèrent tous ensemble pour venir attaquer Jérusalem et lui causer du dommage.

9. Nous priâmes notre Dieu, et nous établîmes une garde jour et nuit pour nous défendre contre leurs attaques.

10. Cependant Juda disait : Les forces manquent à ceux qui portent

les fardeaux, et les décombres sont considérables ; nous ne pourrons pas bâtir la muraille.

11. Et nos ennemis disaient : Ils ne sauront et ne verront rien jusqu'à ce que nous arrivions au milieu d'eux ; nous les tuerons, et nous ferons ainsi cesser l'ouvrage.

12. Or les Juifs qui habitaient près d'eux vinrent dix fois nous avertir, de tous les lieux d'où ils se rendaient vers nous.

13. C'est pourquoi je plaçai, dans les enfoncements derrière la muraille et sur des terrains secs, le peuple par familles, tous avec leurs épées, leurs lances et leurs arcs.

14. Je regardai, et m'étant levé, je dis aux grands, aux magistrats, et au reste du peuple : Ne les craignez pas ! Souvenez-vous du Seigneur, grand et redoutable, et combattez pour vos frères, pour vos fils et vos filles, pour vos femmes et pour vos maisons !

15. Lorsque nos ennemis apprirent que nous étions avertis, Dieu anéantit leur projet, et nous retournâmes tous à la muraille, chacun à son ouvrage.

16. Depuis ce jour, la moitié de mes serviteurs travaillait, et l'autre moitié était armée de lances, de boucliers, d'arcs et de cuirasses. Les chefs étaient derrière toute la maison de Juda.

17. Ceux qui bâtissaient la muraille, et ceux qui portaient ou chargeaient les fardeaux, travaillaient d'une main et tenaient une arme de l'autre ;

18. chacun d'eux, en travaillant, avait son épée ceinte autour des reins. Celui qui sonnait de la trompette se tenait près de moi.

19. Je dis aux grands, aux magistrats, et au reste du peuple : L'ouvrage est considérable et étendu, et nous sommes dispersés sur la muraille, éloignés les uns des autres.

20. Au son de la trompette, rassemblez-vous auprès de nous, vers le lieu d'où vous l'entendrez ; notre Dieu combattra pour nous.

21. C'est ainsi que nous poursuivions l'ouvrage, la moitié d'entre nous la lance à la main depuis le lever de l'aurore jusqu'à l'apparition des étoiles.

22. Dans ce même temps, je dis encore au peuple : Que chacun passe la nuit dans Jérusalem avec son serviteur ; faisons la garde pendant la

nuit, et travaillons pendant le jour.

23. Et nous ne quittions point nos vêtements, ni moi, ni mes frères, ni mes serviteurs, ni les hommes de garde qui me suivaient ; chacun n'avait que ses armes et de l'eau.

Néhémie 5

1. Il s'éleva de la part des gens du peuple et de leurs femmes de grandes plaintes contre leurs frères les Juifs.

2. Les uns disaient : Nous, nos fils et nos filles, nous sommes nombreux ; qu'on nous donne du blé, afin que nous mangions et que nous vivions.

3. D'autres disaient : Nous engageons nos champs, nos vignes, et nos maisons, pour avoir du blé pendant la famine.

4. D'autres disaient : Nous avons emprunté de l'argent sur nos champs et nos vignes pour le tribut du roi.

5. Et pourtant notre chair est comme la chair de nos frères, nos enfants sont comme leurs enfants ; et voici, nous soumettons à la servitude nos fils et nos filles, et plusieurs de nos filles y sont déjà réduites ; nous sommes sans force, et nos champs et nos vignes sont à d'autres.

6. Je fus très irrité lorsque j'entendis leurs plaintes et ces paroles-là.

7. Je résolus de faire des réprimandes aux grands et aux magistrats, et je leur dis : Quoi ! vous prêtez à intérêt à vos frères ! Et je rassemblai autour d'eux une grande foule,

8. et je leur dis : Nous avons racheté selon notre pouvoir nos frères les Juifs vendus aux nations ; et vous vendriez vous-mêmes vos frères, et c'est à nous qu'ils seraient vendus ! Ils se turent, ne trouvant rien à répondre.

9. Puis je dis : Ce que vous faites n'est pas bien. Ne devriez-vous pas marcher dans la crainte de notre Dieu, pour n'être pas insultés par les nations nos ennemies ?

10. Moi aussi, et mes frères et mes serviteurs, nous leur avons prêté

de l'argent et du blé. Abandonnons ce qu'ils nous doivent !

11. Rendez-leur donc aujourd'hui leurs champs, leurs vignes, leurs oliviers et leurs maisons, et le centième de l'argent, du blé, du moût et de l'huile que vous avez exigé d'eux comme intérêt.

12. Ils répondirent : Nous les rendrons, et nous ne leur demanderons rien, nous ferons ce que tu dis. Alors j'appelai les sacrificateurs, devant lesquels je les fis jurer de tenir parole.

13. Et je secouai mon manteau, en disant : Que Dieu secoue de la même manière hors de sa maison et de ses biens tout homme qui n'aura point tenu parole, et qu'ainsi cet homme soit secoué et laissé à vide ! Toute l'assemblée dit : Amen ! On célébra l'Éternel. Et le peuple tint parole.

14. Dès le jour où le roi m'établit leur gouverneur dans le pays de Juda, depuis la vingtième année jusqu'à la trente-deuxième année du roi Artaxerxès, pendant douze ans, ni moi ni mes frères n'avons vécu des revenus du gouverneur.

15. Avant moi, les premiers gouverneurs accablaient le peuple, et recevaient de lui du pain et du vin, outre quarante sicles d'argent ; leurs serviteurs mêmes opprimaient le peuple. Je n'ai point agi de la sorte, par crainte de Dieu.

16. Bien plus, j'ai travaillé à la réparation de cette muraille, et nous n'avons acheté aucun champ, et mes serviteurs tous ensemble étaient à l'ouvrage.

17. J'avais à ma table cent cinquante hommes, Juifs et magistrats, outre ceux qui venaient à nous des nations d'alentour.

18. On m'apprêtait chaque jour un boeuf, six moutons choisis, et des oiseaux ; et tous les dix jours on préparait en abondance tout le vin nécessaire. Malgré cela, je n'ai point réclamé les revenus du gouverneur, parce que les travaux étaient à la charge de ce peuple.

19. Souviens-toi favorablement de moi, ô mon Dieu, à cause de tout ce que j'ai fait pour ce peuple !

Néhémie 6

1. Je n'avais pas encore posé les battants des portes, lorsque Sanballat, Tobija, Guéschem, l'Arabe, et nos autres ennemis apprirent que j'avais rebâti la muraille et qu'il n'y restait plus de brèche.

2. Alors Sanballat et Guéschem m'envoyèrent dire : Viens, et ayons ensemble une entrevue dans les villages de la vallée d'Ono. Ils avaient médité de me faire du mal.

3. Je leur envoyai des messagers avec cette réponse : J'ai un grand ouvrage à exécuter, et je ne puis descendre ; le travail serait interrompu pendant que je quitterais pour aller vers vous.

4. Ils m'adressèrent quatre fois la même demande, et je leur fis la même réponse.

5. Sanballat m'envoya ce message une cinquième fois par son serviteur, qui tenait à la main une lettre ouverte.

6. Il y était écrit : Le bruit se répand parmi les nations et Gaschmu affirme que toi et les Juifs vous pensez à vous révolter, et que c'est dans ce but que tu rebâtis la muraille. Tu vas, dit-on, devenir leur roi,

7. tu as même établi des prophètes pour te proclamer à Jérusalem roi de Juda. Et maintenant ces choses arriveront à la connaissance du roi. Viens donc, et consultons-nous ensemble.

8. Je fis répondre à Sanballat : Ce que tu dis là n'est pas ; c'est toi qui l'inventes !

9. Tous ces gens voulaient nous effrayer, et ils se disaient : Ils perdront courage, et l'oeuvre ne se fera pas. Maintenant, ô Dieu, fortifie-moi !

10. Je me rendis chez Schemaeja, fils de Delaja, fils de Mehétabeel.

Il s'était enfermé, et il dit : Allons ensemble dans la maison de Dieu, au milieu du temple, et fermons les portes du temple ; car ils viennent pour te tuer, et c'est pendant la nuit qu'ils viendront pour te tuer.

11. Je répondis : Un homme comme moi prendre la fuite ! Et quel homme tel que moi pourrait entrer dans le temple et vivre ? Je n'entrerai point.

12. Et je reconnus que ce n'était pas Dieu qui l'envoyait. Mais il prophétisa ainsi sur moi parce que Sanballat et Tobija lui avaient donné de l'argent.

13. En le gagnant ainsi, ils espéraient que j'aurais peur, et que je suivrais ses avis et commettrais un péché ; et ils auraient profité de cette atteinte à ma réputation pour me couvrir d'opprobre.

14. Souviens-toi, ô mon Dieu, de Tobija et de Sanballat, et de leurs oeuvres ! Souviens-toi aussi de Noadia, la prophétesse, et des autres prophètes qui cherchaient à m'effrayer !

15. La muraille fut achevée le vingt-cinquième jour du mois d'Élul, en cinquante-deux jours.

16. Lorsque tous nos ennemis l'apprirent, toutes les nations qui étaient autour de nous furent dans la crainte ; elles éprouvèrent une grande humiliation, et reconnurent que l'oeuvre s'était accomplie par la volonté de notre Dieu.

17. Dans ce temps-là, il y avait aussi des grands de Juda qui adressaient fréquemment des lettres à Tobija et qui en recevaient de lui.

18. Car plusieurs en Juda étaient liés à lui par serment, parce qu'il était gendre de Schecania, fils d'Arach, et que son fils Jochanan avait pris la fille de Meschullam, fils de Bérékia.

19. Ils disaient même du bien de lui en ma présence, et ils lui rapportaient mes paroles. Tobija envoyait des lettres pour m'effrayer.

Néhémie 7

1. Lorsque la muraille fut rebâtie et que j'eus posé les battants des portes, on établit dans leurs fonctions les portiers, les chantres et les Lévites.
2. Je donnai mes ordres à Hanani, mon frère, et à Hanania, chef de la citadelle de Jérusalem, homme supérieur au grand nombre par sa fidélité et par sa crainte de Dieu.
3. Je leur dis : Les portes de Jérusalem ne s'ouvriront pas avant que la chaleur du soleil soit venue, et l'on fermera les battants aux verrous en votre présence ; les habitants de Jérusalem feront la garde, chacun à son poste devant sa maison.
4. La ville était spacieuse et grande, mais peu peuplée, et les maisons n'étaient pas bâties.
5. Mon Dieu me mit au coeur d'assembler les grands, les magistrats et le peuple, pour en faire le dénombrement. Je trouvai un registre généalogique de ceux qui étaient montés les premiers, et j'y vis écrit ce qui suit.
6. Voici ceux de la province qui revinrent de l'exil, ceux que Nebucadnetsar, roi de Babylone, avait emmenés captifs, et qui retournèrent à Jérusalem et en Juda, chacun dans sa ville.
7. Ils partirent avec Zorobabel, Josué, Néhémie, Azaria, Raamia, Nachamani, Mardochée, Bilschan, Mispéreth, Bigvaï, Nehum, Baana. Nombre des hommes du peuple d'Israël :
8. les fils de Pareosch, deux mille cent soixante-douze ;
9. les fils de Schephathia, trois cent soixante-douze ;
10. les fils d'Arach, six cent cinquante-deux ;
11. les fils de Pachath Moab, des fils de Josué et de Joab, deux mille

huit cent dix-huit ;

12. les fils d'Élam, mille deux cent cinquante-quatre ;
13. les fils de Zatthu, huit cent quarante-cinq ;
14. les fils de Zaccaï, sept cent soixante ;
15. les fils de Binnuï, six cent quarante-huit ;
16. les fils de Bébaï, six cent vingt-huit ;
17. les fils d'Azgad, deux mille trois cent vingt-deux ;
18. les fils d'Adonikam, six cent soixante-sept ;
19. les fils de Bigvaï, deux mille soixante-sept ;
20. les fils d'Adin, six cent cinquante-cinq ;
21. les fils d'Ather, de la famille d'Ézéchias, quatre-vingt-dix-huit ;
22. les fils de Haschum, trois cent vingt-huit ;
23. les fils de Betsaï, trois cent vingt-quatre ;
24. les fils de Hariph, cent douze ;
25. les fils de Gabaon, quatre-vingt-quinze ;
26. les gens de Bethléhem et de Netopha, cent quatre-vingt-huit ;
27. les gens d'Anathoth, cent vingt-huit ;
28. les gens de Beth Azmaveth, quarante-deux ;
29. les gens de Kirjath Jearim, de Kephira et de Beéroth, sept cent quarante-trois ;
30. les gens de Rama et de Guéba, six cent vingt et un ;
31. les gens de Micmas, cent vingt-deux ;
32. les gens de Béthel et d'Aï, cent vingt-trois ;
33. les gens de l'autre Nebo, cinquante-deux ;
34. les fils de l'autre Élam, mille deux cent cinquante-quatre ;
35. les fils de Harim, trois cent vingt ;
36. les fils de Jéricho, trois cent quarante-cinq ;

37. les fils de Lod, de Hadid et d'Ono, sept cent vingt et un ;
38. les fils de Senaa, trois mille neuf cent trente.
39. Sacrificateurs : les fils de Jedaeja, de la maison de Josué, neuf cent soixante-treize ;
40. les fils d'Immer, mille cinquante-deux ;
41. les fils de Paschhur, mille deux cent quarante-sept ;
42. les fils de Harim, mille dix-sept.

43. Lévites : les fils de Josué et de Kadmiel, des fils d'Hodva, soixante-quatorze.

44. Chantres : les fils d'Asaph, cent quarante-huit.

45. Portiers : les fils de Schallum, les fils d'Ather, les fils de Thalmon, les fils d'Akkub, les fils de Hathitha, les fils de Schobaï, cent trente-huit.

46. Néthiniens : les fils de Tsicha, les fils de Hasupha, les fils de Thabbaoth,

47. les fils de Kéros, les fils de Sia, les fils de Padon,

48. les fils de Lebana, les fils de Hagaba, les fils de Salmaï,

49. les fils de Hanan, les fils de Guiddel, les fils de Gachar,

50. les fils de Reaja, les fils de Retsin, les fils de Nekoda,

51. les fils de Gazzam, les fils d'Uzza, les fils de Paséach,

52. les fils de Bésaï, les fils de Mehunim, les fils de Nephischsim,

53. les fils de Bakbuk, les fils de Hakupha, les fils de Harhur,

54. les fils de Batslith, les fils de Mehida, les fils de Harscha,

55. les fils de Barkos, les fils de Sisera, les fils de Thamach,

56. les fils de Netsiach, les fils de Hathipha.

57. Fils des serviteurs de Salomon : les fils de Sothaï, les fils de Sophéreth, les fils de Perida,

58. les fils de Jaala, les fils de Darkon, les fils de Guiddel,

59. les fils de Schephathia, les fils de Hatthil, les fils de Pokéreth Hatsebaïm, les fils d'Amon.

60. Total des Néthiniens et des fils des serviteurs de Salomon : trois cent quatre-vingt-douze.

61. Voici ceux qui partirent de Thel Mélach, de Thel Harscha, de Kerub Addon, et d'Immer, et qui ne purent pas faire connaître leur maison paternelle et leur race, pour prouver qu'ils étaient d'Israël.

62. Les fils de Delaja, les fils de Tobija, les fils de Nekoda, six cent quarante-deux.

63. Et parmi les sacrificateurs : les fils de Hobaja, les fils d'Hakkots, les fils de Barzillaï, qui avait pris pour femme une des filles de Barzillaï, le Galaadite, et fut appelé de leur nom.

64. Ils cherchèrent leurs titres généalogiques, mais ils ne les trouvèrent point. On les exclut du sacerdoce,

65. et le gouverneur leur dit de ne pas manger des choses très saintes jusqu'à ce qu'un sacrificateur eût consulté l'urim et le thummim.

66. L'assemblée tout entière était de quarante-deux mille trois cent soixante personnes,

67. sans compter leurs serviteurs et leurs servantes, au nombre de sept mille trois cent trente-sept. Parmi eux se trouvaient deux cent quarante-cinq chantres et chanteuses.

68. Ils avaient sept cent trente-six chevaux, deux cent quarante-cinq mulets,

69. quatre cent trente-cinq chameaux, et six mille sept cent vingt ânes.

70. Plusieurs des chefs de famille firent des dons pour l'oeuvre. Le gouverneur donna au trésor mille dariques d'or, cinquante coupes, cinq cent trente tuniques sacerdotales.

71. Les chefs de familles donnèrent au trésor de l'oeuvre vingt mille dariques d'or et deux mille deux cents mines d'argent.

72. Le reste du peuple donna vingt mille dariques d'or, deux mille mines d'argent, et soixante-sept tuniques sacerdotales.

73. Les sacrificateurs et les Lévites, les portiers, les chantres, les gens du peuple, les Néthiniens et tout Israël s'établirent dans leurs villes. Le septième mois arriva, et les enfants d'Israël étaient dans leurs villes.

Néhémie 8

1. Alors tout le peuple s'assembla comme un seul homme sur la place qui est devant la porte des eaux. Ils dirent à Esdras, le scribe, d'apporter le livre de la loi de Moïse, prescrite par l'Éternel à Israël.

2. Et le sacrificateur Esdras apporta la loi devant l'assemblée, composée d'hommes et de femmes et de tous ceux qui étaient capables de l'entendre. C'était le premier jour du septième mois.

3. Esdras lut dans le livre depuis le matin jusqu'au milieu du jour, sur la place qui est devant la porte des eaux, en présence des hommes et des femmes et de ceux qui étaient capables de l'entendre. Tout le peuple fut attentif à la lecture du livre de la loi.

4. Esdras, le scribe, était placé sur une estrade de bois, dressée à cette occasion. Auprès de lui, à sa droite, se tenaient Matthithia, Schéma, Anaja, Urie, Hilkija et Maaséja, et à sa gauche, Pedaja, Mischaël, Malkija, Haschum, Haschbaddana, Zacharie et Meschullam.

5. Esdras ouvrit le livre à la vue de tout le peuple, car il était élevé au-dessus de tout le peuple ; et lorsqu'il l'eut ouvert, tout le peuple se tint en place.

6. Esdras bénit l'Éternel, le grand Dieu, et tout le peuple répondit, en levant les mains : Amen ! amen ! Et ils s'inclinèrent et se prosternèrent devant l'Éternel, le visage contre terre.

7. Josué, Bani, Schérébia, Jamin, Akkub, Schabbethaï, Hodija, Maaséja, Kelitha, Azaria, Jozabad, Hanan, Pelaja, et les Lévites, expliquaient la loi au peuple, et chacun restait à sa place.

8. Ils lisaient distinctement dans le livre de la loi de Dieu, et ils en donnaient le sens pour faire comprendre ce qu'ils avaient lu.

9. Néhémie, le gouverneur, Esdras, le sacrificateur et le scribe, et les Lévites qui enseignaient le peuple, dirent à tout le peuple : Ce jour est consacré à l'Éternel, votre Dieu ; ne soyez pas dans la désolation et dans les larmes ! Car tout le peuple pleurait en entendant les paroles de la loi.

10. Ils leur dirent : Allez, mangez des viandes grasses et buvez des liqueurs douces, et envoyez des portions à ceux qui n'ont rien de préparé, car ce jour est consacré à notre Seigneur ; ne vous affligez pas, car la joie de l'Éternel sera votre force.

11. Les Lévites calmaient tout le peuple, en disant : Taisez-vous, car ce jour est saint ; ne vous affligez pas !

12. Et tout le peuple s'en alla pour manger et boire, pour envoyer des portions, et pour se livrer à de grandes réjouissances. Car ils avaient compris les paroles qu'on leur avait expliquées.

13. Le second jour, les chefs de famille de tout le peuple, les sacrificateurs et les Lévites, s'assemblèrent auprès d'Esdras, le scribe, pour entendre l'explication des paroles de la loi.

14. Et ils trouvèrent écrit dans la loi que l'Éternel avait prescrite par Moïse, que les enfants d'Israël devaient habiter sous des tentes pendant la fête du septième mois,

15. et proclamer cette publication dans toutes leurs villes et à Jérusalem : Allez chercher à la montagne des rameaux d'olivier, des rameaux d'olivier sauvage, des rameaux de myrte, des rameaux de palmier, et des rameaux d'arbres touffus, pour faire des tentes, comme il est écrit.

16. Alors le peuple alla chercher des rameaux, et ils se firent des tentes sur le toit de leurs maisons, dans leurs cours, dans les parvis de la maison de Dieu, sur la place de la porte des eaux et sur la place de la porte d'Éphraïm.

17. Toute l'assemblée de ceux qui étaient revenus de la captivité fit des tentes, et ils habitèrent sous ces tentes. Depuis le temps de Josué, fils de Nun, jusqu'à ce jour, les enfants d'Israël n'avaient rien fait de pareil. Et il y eut de très grandes réjouissances.

18. On lut dans le livre de la loi de Dieu chaque jour, depuis le premier jour jusqu'au dernier. On célébra la fête pendant sept jours, et

il y eut une assemblée solennelle le huitième jour, comme cela est ordonné.

Néhémie 9

1. Le vingt-quatrième jour du même mois, les enfants d'Israël s'assemblèrent, revêtus de sacs et couverts de poussière, pour la célébration d'un jeûne.
2. Ceux qui étaient de la race d'Israël, s'étant séparés de tous les étrangers, se présentèrent et confessèrent leurs péchés et les iniquités de leurs pères.
3. Lorsqu'ils furent placés, on lut dans le livre de la loi de l'Éternel, leur Dieu, pendant un quart de la journée ; et pendant un autre quart ils confessèrent leurs péchés et se prosternèrent devant l'Éternel, leur Dieu.
4. Josué, Bani, Kadmiel, Schebania, Bunni, Schérébia, Bani et Kenani montèrent sur l'estrade des Lévites et crièrent à haute voix vers l'Éternel, leur Dieu.
5. Et les Lévites Josué, Kadmiel, Bani, Haschabnia, Schérébia, Hodija, Schebania et Pethachja, dirent : Levez-vous, bénissez l'Éternel, votre Dieu, d'éternité en éternité ! Que l'on bénisse ton nom glorieux, qui est au-dessus de toute bénédiction et de toute louange !
6. C'est toi, Éternel, toi seul, qui as fait les cieux, les cieux des cieux et toute leur armée, la terre et tout ce qui est sur elle, les mers et tout ce qu'elles renferment. Tu donnes la vie à toutes ces choses, et l'armée des cieux se prosterne devant toi.
7. C'est toi, Éternel Dieu, qui as choisi Abram, qui l'as fait sortir d'Ur en Chaldée, et qui lui as donné le nom d'Abraham.
8. Tu trouvas son coeur fidèle devant toi, tu fis alliance avec lui, et tu promis de donner à sa postérité le pays des Cananéens, des Héthiens, des Amoréens, des Phéréziens, des Jébusiens et des Guirgasiens. Et

tu as tenu ta parole, car tu es juste.

9. Tu vis l'affliction de nos pères en Égypte, et tu entendis leurs cris vers la mer Rouge.

10. Tu opéras des miracles et des prodiges contre Pharaon, contre tous ses serviteurs et contre tout le peuple de son pays, parce que tu savais avec quelle méchanceté ils avaient traité nos pères, et tu fis paraître ta gloire comme elle paraît aujourd'hui.

11. Tu fendis la mer devant eux, et ils passèrent à sec au milieu de la mer ; mais tu précipitas dans l'abîme, comme une pierre au fond des eaux, ceux qui marchaient à leur poursuite.

12. Tu les guidas le jour par une colonne de nuée, et la nuit par une colonne de feu qui les éclairait dans le chemin qu'ils avaient à suivre.

13. Tu descendis sur la montagne de Sinaï, tu leur parlas du haut des cieux, et tu leur donnas des ordonnances justes, des lois de vérité, des préceptes et des commandements excellents.

14. Tu leur fis connaître ton saint sabbat, et tu leur prescrivis par Moïse, ton serviteur, des commandements, des préceptes et une loi.

15. Tu leur donnas, du haut des cieux, du pain quand ils avaient faim, et tu fis sortir de l'eau du rocher quand ils avaient soif. Et tu leur dis d'entrer en possession du pays que tu avais juré de leur donner.

16. Mais nos pères se livrèrent à l'orgueil et raidirent leur cou. Ils n'écoutèrent point tes commandements,

17. ils refusèrent d'obéir, et ils mirent en oubli les merveilles que tu avais faites en leur faveur. Ils raidirent leur cou ; et, dans leur rébellion, ils se donnèrent un chef pour retourner à leur servitude. Mais toi, tu es un Dieu prêt à pardonner, compatissant et miséricordieux, lent à la colère et riche en bonté, et tu ne les abandonnas pas,

18. même quand ils se firent un veau en fonte et dirent : Voici ton Dieu qui t'a fait sortir d'Égypte, et qu'ils se livrèrent envers toi à de grands outrages.

19. Dans ton immense miséricorde, tu ne les abandonnas pas au désert, et la colonne de nuée ne cessa point de les guider le jour dans leur chemin, ni la colonne de feu de les éclairer la nuit dans le

chemin qu'ils avaient à suivre.

20. Tu leur donnas ton bon esprit pour les rendre sages, tu ne refusas point ta manne à leur bouche, et tu leur fournis de l'eau pour leur soif.

21. Pendant quarante ans, tu pourvus à leur entretien dans le désert, et ils ne manquèrent de rien, leurs vêtements ne s'usèrent point, et leurs pieds ne s'enflèrent point.

22. Tu leur livras des royaumes et des peuples, dont tu partageas entre eux les contrées, et ils possédèrent le pays de Sihon, roi de Hesbon, et le pays d'Og, roi de Basan.

23. Tu multiplias leurs fils comme les étoiles des cieux, et tu les fis entrer dans le pays dont tu avais dit à leurs pères qu'ils prendraient possession.

24. Et leurs fils entrèrent et prirent possession du pays ; tu humilias devant eux les habitants du pays, les Cananéens, et tu les livras entre leurs mains, avec leurs rois et les peuples du pays, pour qu'ils les traitassent à leur gré.

25. Ils devinrent maîtres de villes fortifiées et de terres fertiles ; ils possédèrent des maisons remplies de toutes sortes de biens, des citernes creusées, des vignes, des oliviers, et des arbres fruitiers en abondance ; ils mangèrent, ils se rassasièrent, ils s'engraissèrent, et ils vécurent dans les délices par ta grande bonté.

26. Néanmoins, ils se soulevèrent et se révoltèrent contre toi. Ils jetèrent ta loi derrière leur dos, ils tuèrent tes prophètes qui les conjuraient de revenir à toi, et ils se livrèrent envers toi à de grands outrages.

27. Alors tu les abandonnas entre les mains de leurs ennemis, qui les opprimèrent. Mais, au temps de leur détresse, ils crièrent à toi ; et toi, tu les entendis du haut des cieux, et, dans ta grande miséricorde, tu leur donnas des libérateurs qui les sauvèrent de la main de leurs ennemis.

28. Quand ils eurent du repos, ils recommencèrent à faire le mal devant toi. Alors tu les abandonnas entre les mains de leurs ennemis, qui les dominèrent. Mais, de nouveau, ils crièrent à toi ; et toi, tu les entendis du haut des cieux, et, dans ta grande miséricorde, tu les

délivras maintes fois.

29. Tu les conjuras de revenir à ta loi ; et ils persévérèrent dans l'orgueil, ils n'écoutèrent point tes commandements, ils péchèrent contre tes ordonnances, qui font vivre celui qui les met en pratique, ils eurent une épaule rebelle, ils raidirent leur cou, et ils n'obéirent point.

30. Tu les supportas de nombreuses années, tu leur donnas des avertissements par ton esprit, par tes prophètes ; et ils ne prêtèrent point l'oreille. Alors tu les livras entre les mains des peuples étrangers.

31. Mais, dans ta grande miséricorde, tu ne les anéantis pas, et tu ne les abandonnas pas, car tu es un Dieu compatissant et miséricordieux.

32. Et maintenant, ô notre Dieu, Dieu grand, puissant et redoutable, toi qui gardes ton alliance et qui exerces la miséricorde, ne regarde pas comme peu de chose toutes les souffrances que nous avons éprouvées, nous, nos rois, nos chefs, nos sacrificateurs, nos prophètes, nos pères et tout ton peuple, depuis le temps des rois d'Assyrie jusqu'à ce jour.

33. Tu as été juste dans tout ce qui nous est arrivé, car tu t'es montré fidèle, et nous avons fait le mal.

34. Nos rois, nos chefs, nos sacrificateurs et nos pères n'ont point observé ta loi, et ils n'ont été attentifs ni à tes commandements ni aux avertissements que tu leur adressais.

35. Pendant qu'ils étaient les maîtres, au milieu des bienfaits nombreux que tu leur accordais, dans le pays vaste et fertile que tu leur avais livré, ils ne t'ont point servi et ils ne se sont point détournés de leurs oeuvres mauvaises.

36. Et aujourd'hui, nous voici esclaves ! Nous voici esclaves sur la terre que tu as donnée à nos pères, pour qu'ils jouissent de ses fruits et de ses biens !

37. Elle multiplie ses produits pour les rois auxquels tu nous as assujettis, à cause de nos péchés ; ils dominent à leur gré sur nos corps et sur notre bétail, et nous sommes dans une grande angoisse !

38. Pour tout cela, nous contractâmes une alliance, que nous mîmes par écrit ; et nos chefs, nos Lévites et nos sacrificateurs y apposèrent

leur sceau.

Néhémie 10

1. Voici ceux qui apposèrent leur sceau. Néhémie, le gouverneur, fils de Hacalia.
2. Sédécias, Seraja, Azaria, Jérémie,
3. Paschhur, Amaria, Malkija,
4. Hattusch, Schebania, Malluc,
5. Harim, Merémoth, Abdias,
6. Daniel, Guinnethon, Baruc,
7. Meschullam, Abija, Mijamin,
8. Maazia, Bilgaï, Schemaeja, sacrificateurs.
9. Lévites : Josué, fils d'Azania, Binnuï, des fils de Hénadad, Kadmiel,
10. et leurs frères, Schebania, Hodija, Kelitha, Pelaja, Hanan,
11. Michée, Rehob, Haschabia,
12. Zaccur, Schérébia, Schebania,
13. Hodija, Bani, Beninu.
14. Chefs du peuple : Pareosch, Pachath Moab, Élam, Zatthu, Bani,
15. Bunni, Azgad, Bébaï,
16. Adonija, Bigvaï, Adin,
17. Ather, Ézéchias, Azzur,
18. Hodija, Haschum, Betsaï,
19. Hariph, Anathoth, Nébaï,
20. Magpiasch, Meschullam, Hézir,
21. Meschézabeel, Tsadok, Jaddua,
22. Pelathia, Hanan, Anaja,
23. Hosée, Hanania, Haschub,
24. Hallochesch, Pilcha, Schobek,

25. Rehum, Haschabna, Maaséja,
26. Achija, Hanan, Anan,

27. Malluc, Harim, Baana.
28. Le reste du peuple, les sacrificateurs, les Lévites, les portiers, les chantres, les Néthiniens, et tous ceux qui s'étaient séparés des peuples étrangers pour suivre la loi de Dieu, leurs femmes, leurs fils et leurs filles, tous ceux qui étaient capables de connaissance et d'intelligence,
29. se joignirent à leurs frères les plus considérables d'entre eux. Ils promirent avec serment et jurèrent de marcher dans la loi de Dieu donnée par Moïse, serviteur de Dieu, d'observer et de mettre en pratique tous les commandements de l'Éternel, notre Seigneur, ses ordonnances et ses lois.
30. Nous promîmes de ne pas donner nos filles aux peuples du pays et de ne pas prendre leurs filles pour nos fils ;
31. de ne rien acheter, le jour du sabbat et les jours de fête, des peuples du pays qui apporteraient à vendre, le jour du sabbat, des marchandises ou denrées quelconques ; et de faire relâche la septième année, en n'exigeant le paiement d'aucune dette.
32. Nous nous imposâmes aussi des ordonnances qui nous obligeaient à donner un tiers de sicle par année pour le service de la maison de notre Dieu,
33. pour les pains de proposition, pour l'offrande perpétuelle, pour l'holocauste perpétuel des sabbats, des nouvelles lunes et des fêtes, pour les choses consacrées, pour les sacrifices d'expiation en faveur d'Israël, et pour tout ce qui se fait dans la maison de notre Dieu.

34. Nous tirâmes au sort, sacrificateurs, Lévites et peuple, au sujet du bois qu'on devait chaque année apporter en offrande à la maison de notre Dieu, selon nos maisons paternelles, à des époques fixes, pour qu'il fût brûlé sur l'autel de l'Éternel, notre Dieu, comme il est écrit dans la loi.
35. Nous résolûmes d'apporter chaque année à la maison de l'Éternel les prémices de notre sol et les prémices de tous les fruits de tous les arbres ;

36. d'amener à la maison de notre Dieu, aux sacrificateurs qui font le service dans la maison de notre Dieu, les premiers-nés de nos fils et de notre bétail, comme il est écrit dans la loi, les premiers-nés de nos boeufs et de nos brebis ;

37. d'apporter aux sacrificateurs, dans les chambres de la maison de notre Dieu, les prémices de notre pâte et nos offrandes, des fruits de tous les arbres, du moût et de l'huile ; et de livrer la dîme de notre sol aux Lévites qui doivent la prendre eux-mêmes dans toutes les villes situées sur les terres que nous cultivons.

38. Le sacrificateur, fils d'Aaron, sera avec les Lévites quand ils lèveront la dîme ; et les Lévites apporteront la dîme de la dîme à la maison de notre Dieu, dans les chambres de la maison du trésor.

39. Car les enfants d'Israël et les fils de Lévi apporteront dans ces chambres les offrandes de blé, du moût et d'huile ; là sont les ustensiles du sanctuaire, et se tiennent les sacrificateurs qui font le service, les portiers et les chantres. C'est ainsi que nous résolûmes de ne pas abandonner la maison de notre Dieu.

Néhémie 11

1. Les chefs du peuple s'établirent à Jérusalem. Le reste du peuple tira au sort, pour qu'un sur dix vînt habiter Jérusalem, la ville sainte, et que les autres demeurassent dans les villes.
2. Le peuple bénit tous ceux qui consentirent volontairement à résider à Jérusalem.
3. Voici les chefs de la province qui s'établirent à Jérusalem. Dans les villes de Juda, chacun s'établit dans sa propriété, dans sa ville, Israël, les sacrificateurs et les Lévites, les Néthiniens, et les fils des serviteurs de Salomon.
4. A Jérusalem s'établirent des fils de Juda et des fils de Benjamin. -Des fils de Juda : Athaja, fils d'Ozias, fils de Zacharie, fils d'Amaria, fils de Schephathia, fils de Mahalaleel, des fils de Pérets,
5. et Maaséja, fils de Baruc, fils de Col Hozé, fils de Hazaja, fils d'Adaja, fils de Jojarib, fils de Zacharie, fils de Schiloni.
6. Total des fils de Pérets qui s'établirent à Jérusalem : quatre cent soixante-huit hommes vaillants. -
7. Voici les fils de Benjamin : Sallu, fils de Meschullam, fils de Joëd, fils de Pedaja, fils de Kolaja, fils de Maaséja, fils d'Ithiel, fils d'Ésaïe,
8. et, après lui, Gabbaï et Sallaï, neuf cent vingt-huit.
9. Joël, fils de Zicri, était leur chef ; et Juda, fils de Senua, était le second chef de la ville.
10. Des sacrificateurs : Jedaeja, fils de Jojarib, Jakin,
11. Seraja, fils de Hilkija, fils de Meschullam, fils de Tsadok, fils de Merajoth, fils d'Achithub, prince de la maison de Dieu,

12. et leurs frères occupés au service de la maison, huit cent vingt-

deux ; Adaja, fils de Jerocham, fils de Pelalia, fils d'Amtsi, fils de Zacharie, fils de Paschhur, fils de Malkija,

13. et ses frères, chefs des maisons paternelles, deux cent quarante-deux ; et Amaschsaï, fils d'Azareel, fils d'Achzaï, fils de Meschillémoth, fils d'Immer,

14. et leurs frères, vaillants hommes, cent vingt-huit. Zabdiel, fils de Guedolim, était leur chef.

15. Des Lévites : Schemaeja, fils de Haschub, fils d'Azrikam, fils de Haschabia, fils de Bunni,

16. Schabbethaï et Jozabad, chargés des affaires extérieures de la maison de Dieu, et faisant partie des chefs des Lévites ;

17. Matthania, fils de Michée, fils de Zabdi, fils d'Asaph, le chef qui entonnait la louange à la prière, et Bakbukia, le second parmi ses frères, et Abda, fils de Schammua, fils de Galal, fils de Jeduthun.

18. Total des Lévites dans la ville sainte : deux cent quatre-vingt-quatre.

19. Et les portiers : Akkub, Thalmon, et leurs frères, gardiens des portes, cent soixante-douze.

20. Le reste d'Israël, les sacrificateurs, les Lévites, s'établirent dans toutes les villes de Juda, chacun dans sa propriété.

21. Les Néthiniens s'établirent sur la colline, et ils avaient pour chefs Tsicha et Guischpa.

22. Le chef des Lévites à Jérusalem était Uzzi, fils de Bani, fils de Haschabia, fils de Matthania, fils de Michée, d'entre les fils d'Asaph, les chantres chargés des offices de la maison de Dieu ;

23. car il y avait un ordre du roi concernant les chantres, et un salaire fixe leur était accordé pour chaque jour.

24. Pethachja, fils de Meschézabeel, des fils de Zérach, fils de Juda, était commissaire du roi pour toutes les affaires du peuple.

25. Dans les villages et leurs territoires, des fils de Juda s'établirent à Kirjath Arba et dans les lieux de son ressort, à Dibon et dans les lieux de son ressort, à Jekabtseel et dans les villages de son ressort,

26. à Jéschua, à Molada, à Beth Paleth,

27. à Hatsar Schual, à Beer Schéba, et dans les lieux de son ressort,

28. à Tsiklag, à Mecona et dans les lieux de son ressort,

29. à En Rimmon, à Tsorea, à Jarmuth,

30. à Zanoach, à Adullam, et dans les villages de leur ressort, à Lakis et dans son territoire, à Azéka et dans les lieux de son ressort. Ils s'établirent depuis Beer Schéba jusqu'à la vallée de Hinnom.

31. Les fils de Benjamin s'établirent, depuis Guéba, à Micmasch, à Ajja, à Béthel et dans les lieux de son ressort,

32. à Anathoth, à Nob, à Hanania,

33. à Hatsor, à Rama, à Guitthaïm,

34. à Hadid, à Tseboïm, à Neballath,

35. à Lod et à Ono, la vallée des ouvriers.

36. Il y eut des Lévites qui se joignirent à Benjamin, quoique appartenant aux divisions de Juda.

Néhémie 12

1. Voici les sacrificateurs et les Lévites qui revinrent avec Zorobabel, fils de Schealthiel, et avec Josué : Seraja, Jérémie, Esdras,
2. Amaria, Malluc, Hattusch,
3. Schecania, Rehum, Merémoth,
4. Iddo, Guinnethoï, Abija,
5. Mijamin, Maadia, Bilga,
6. Schemaeja, Jojarib, Jedaeja,
7. Sallu, Amok, Hilkija, Jedaeja. Ce furent là les chefs des sacrificateurs et de leurs frères, au temps de Josué. -
8. Lévites : Josué, Binnuï, Kadmiel, Schérébia, Juda, Matthania, qui dirigeait avec ses frères le chant des louanges ;
9. Bakbukia et Unni, qui remplissaient leurs fonctions auprès de leurs frères.
10. Josué engendra Jojakim, Jojakim engendra Éliaschib, Éliaschib engendra Jojada,
11. Jojada engendra Jonathan, et Jonathan engendra Jaddua.
12. Voici, au temps de Jojakim, quels étaient les sacrificateurs, chefs de famille : pour Seraja, Meraja ; pour Jérémie, Hanania ;
13. pour Esdras, Meschullam ; pour Amaria, Jochanan ;
14. pour Meluki, Jonathan ; pour Schebania, Joseph ;
15. pour Harim, Adna ; pour Merajoth, Helkaï ;
16. pour Iddo, Zacharie ; pour Guinnethon, Meschullam ;
17. pour Abija, Zicri ; pour Minjamin et Moadia, Pilthaï ;
18. pour Bilga, Schammua ; pour Schemaeja, Jonathan ;
19. pour Jojarib, Matthnaï ; pour Jedaeja, Uzzi ;
20. pour Sallaï, Kallaï ; pour Amok, Éber ;

21. pour Hilkija, Haschabia ; pour Jedaeja, Nethaneel.

22. Au temps d'Éliaschib, de Jojada, de Jochanan et de Jaddua, les Lévites, chefs de familles, et les sacrificateurs, furent inscrits, sous le règne de Darius, le Perse.

23. Les fils de Lévi, chefs de familles, furent inscrits dans le livre des Chroniques jusqu'au temps de Jochanan, fils d'Éliaschib.

24. Les chefs des Lévites, Haschabia, Schérébia, et Josué, fils de Kadmiel, et leurs frères avec eux, les uns vis-à-vis des autres, étaient chargés de célébrer et de louer l'Éternel, selon l'ordre de David, homme de Dieu.

25. Matthania, Bakbukia, Abdias, Meschullam, Thalmon et Akkub, portiers, faisaient la garde aux seuils des portes.

26. Ils vivaient au temps de Jojakim, fils de Josué, fils de Jotsadak, et au temps de Néhémie, le gouverneur, et d'Esdras, le sacrificateur et le scribe.

27. Lors de la dédicace des murailles de Jérusalem, on appela les Lévites de tous les lieux qu'ils habitaient et on les fit venir à Jérusalem, afin de célébrer la dédicace et la fête par des louanges et par des chants, au son des cymbales, des luths et des harpes.

28. Les fils des chantres se rassemblèrent des environs de Jérusalem, des villages des Nethophatiens,

29. de Beth Guilgal, et du territoire de Guéba et d'Azmaveth ; car les chantres s'étaient bâti des villages aux alentours de Jérusalem.

30. Les sacrificateurs et les Lévites se purifièrent, et ils purifièrent le peuple, les portes et la muraille.

31. Je fis monter sur la muraille les chefs de Juda, et je formai deux grands choeurs. Le premier se mit en marche du côté droit sur la muraille, vers la porte du fumier.

32. Derrière ce choeur marchaient Hosée et la moitié des chefs de Juda,

33. Azaria, Esdras, Meschullam,

34. Juda, Benjamin, Schemaeja et Jérémie,

35. des fils de sacrificateurs avec des trompettes, Zacharie, fils de Jonathan, fils de Schemaeja, fils de Matthania, fils de Michée, fils de

Zaccur, fils d'Asaph,

36. et ses frères, Schemaeja, Azareel, Milalaï, Guilalaï, Maaï, Nethaneel, Juda et Hanani, avec les instruments de musique de David, homme de Dieu. Esdras, le scribe, était à leur tête.

37. A la porte de la source, ils montèrent vis-à-vis d'eux les degrés de la cité de David par la montée de la muraille, au-dessus de la maison de David, jusqu'à la porte des eaux, vers l'orient.

38. Le second choeur se mit en marche à l'opposite. J'étais derrière lui avec l'autre moitié du peuple, sur la muraille. Passant au-dessus de la tour des fours, on alla jusqu'à la muraille large ;

39. puis au-dessus de la porte d'Éphraïm, de la vieille porte, de la porte des poissons, de la tour de Hananeel et de la tour de Méa, jusqu'à la porte des brebis. Et l'on s'arrêta à la porte de la prison.

40. Les deux choeurs s'arrêtèrent dans la maison de Dieu ; et nous fîmes de même, moi et les magistrats qui étaient avec moi,

41. et les sacrificateurs Éliakim, Maaséja, Minjamin, Michée, Eljoénaï, Zacharie, Hanania, avec des trompettes,

42. et Maaséja, Schemaeja, Éléazar, Uzzi, Jochanan, Malkija, Élam et Ézer. Les chantres se firent entendre, dirigés par Jizrachja.

43. On offrit ce jour-là de nombreux sacrifices, et on se livra aux réjouissances, car Dieu avait donné au peuple un grand sujet de joie. Les femmes et les enfants se réjouirent aussi, et les cris de joie de Jérusalem furent entendus au loin.

44. En ce jour, on établit des hommes ayant la surveillance des chambres qui servaient de magasins pour les offrandes, les prémices et les dîmes, et on les chargea d'y recueillir du territoire des villes les portions assignées par la loi aux sacrificateurs et aux Lévites. Car Juda se réjouissait de ce que les sacrificateurs et les Lévites étaient à leur poste,

45. observant tout ce qui concernait le service de Dieu et des purifications. Les chantres et les portiers remplissaient aussi leurs fonctions, selon l'ordre de David et de Salomon, son fils ;

46. car autrefois, du temps de David et d'Asaph, il y avait des chefs de chantres et des chants de louanges et d'actions de grâces en l'honneur de Dieu.

47. Tout Israël, au temps de Zorobabel et de Néhémie, donna les portions des chantres et des portiers, jour par jour ; on donna aux Lévites les choses consacrées, et les Lévites donnèrent aux fils d'Aaron les choses consacrées.

Néhémie 13

1. Dans ce temps, on lut en présence du peuple dans le livre de Moïse, et l'on y trouva écrit que l'Ammonite et le Moabite ne devraient jamais entrer dans l'assemblée de Dieu,
2. parce qu'ils n'étaient pas venus au-devant des enfants d'Israël avec du pain et de l'eau, et parce qu'ils avaient appelé contre eux à prix d'argent Balaam pour qu'il les maudît ; mais notre Dieu changea la malédiction en bénédiction.
3. Lorsqu'on eut entendu la loi, on sépara d'Israël tous les étrangers.
4. Avant cela, le sacrificateur Éliaschib, établi dans les chambres de la maison de notre Dieu, et parent de Tobija,
5. avait disposé pour lui une grande chambre où l'on mettait auparavant les offrandes, l'encens, les ustensiles, la dîme du blé, du moût et de l'huile, ce qui était ordonné pour les Lévites, les chantres et les portiers, et ce qui était prélevé pour les sacrificateurs.
6. Je n'étais point à Jérusalem quand tout cela eut lieu, car j'étais retourné auprès du roi la trente-deuxième année d'Artaxerxès, roi de Babylone.
7. A la fin de l'année, j'obtins du roi la permission de revenir à Jérusalem, et je m'aperçus du mal qu'avait fait Éliaschib, en disposant une chambre pour Tobija dans les parvis de la maison de Dieu.
8. J'en éprouvai un vif déplaisir, et je jetai hors de la chambre tous les objets qui appartenaient à Tobija ;
9. j'ordonnai qu'on purifiât les chambres, et j'y replaçai les ustensiles de la maison de Dieu, les offrandes et l'encens.

10. J'appris aussi que les portions des Lévites n'avaient point été

livrées, et que les Lévites et les chantres chargés du service s'étaient enfuis chacun dans son territoire.

11. Je fils des réprimandes aux magistrats, et je dis : Pourquoi la maison de Dieu a-t-elle été abandonnée ? Et je rassemblai les Lévites et les chantres, et je les remis à leur poste.

12. Alors tout Juda apporta dans les magasins la dîme du blé, du moût et de l'huile.

13. Je confiai la surveillance des magasins à Schélémia, le sacrificateur, à Tsadok, le scribe, et à Pedaja, l'un des Lévites, et je leur adjoignis Hanan, fils de Zaccur, fils de Matthania, car ils avaient la réputation d'être fidèles. Ils furent chargés de faire les distributions à leurs frères.

14. Souviens-toi de moi, ô mon Dieu, à cause de cela, et n'oublie pas mes actes de piété à l'égard de la maison de mon Dieu et des choses qui doivent être observées !

15. A cette époque, je vis en Juda des hommes fouler au pressoir pendant le sabbat, rentrer des gerbes, charger sur des ânes même du vin, des raisins et des figues, et toutes sortes de choses, et les amener à Jérusalem le jour du sabbat ; et je leur donnai des avertissements le jour où ils vendaient leurs denrées.

16. Il y avait aussi des Tyriens, établis à Jérusalem, qui apportaient du poisson et toutes sortes de marchandises, et qui les vendaient aux fils de Juda le jour du sabbat et dans Jérusalem.

17. Je fis des réprimandes aux grands de Juda, et je leur dis : Que signifie cette mauvaise action que vous faites, en profanant le jour du sabbat ?

18. N'est-ce pas ainsi qu'ont agi vos père, et n'est-ce pas à cause de cela que notre Dieu a fait venir tous ces malheurs sur nous et sur cette ville ? Et vous, vous attirez de nouveau sa colère contre Israël, en profanant le sabbat !

19. Puis j'ordonnai qu'on fermât les portes de Jérusalem avant le sabbat, dès qu'elles seraient dans l'ombre, et qu'on ne les ouvrît qu'après le sabbat. Et je plaçai quelques-uns de mes serviteurs aux portes, pour empêcher l'entrée des fardeaux le jour du sabbat.

20. Alors les marchands et les vendeurs de toutes sortes de choses

passèrent une ou deux fois la nuit hors de Jérusalem.

21. Je les avertis, en leur disant : Pourquoi passez-vous la nuit devant la muraille ? Si vous le faites encore, je mettrai la main sur vous. Dès ce moment, ils ne vinrent plus pendant le sabbat.

22. J'ordonnai aussi aux Lévites de se purifier et de venir garder les portes pour sanctifier le jour du sabbat. Souviens-toi de moi, ô mon Dieu, à cause de cela, et protège-moi selon ta grande miséricorde !

23. A cette même époque, je vis des Juifs qui avaient pris des femmes asdodiennes, ammonites, moabites.

24. La moitié de leurs fils parlaient l'asdodien, et ne savaient pas parler le juif ; ils ne connaissaient que la langue de tel ou tel peuple.

25. Je leur fis des réprimandes, et je les maudis ; j'en frappai quelques-uns, je leur arrachai les cheveux, et je les fis jurer au nom de Dieu, en disant : Vous ne donnerez pas vos filles à leurs fils, et vous ne prendrez leurs filles ni pour vos fils ni pour vous.

26. N'est-ce pas en cela qu'a péché Salomon, roi d'Israël ? Il n'y avait point de roi semblable à lui parmi la multitude des nations, il était aimé de son Dieu, et Dieu l'avait établi roi sur tout Israël ; néanmoins, les femmes étrangères l'entraînèrent aussi dans le péché.

27. Faut-il donc apprendre à votre sujet que vous commettez un aussi grand crime et que vous péchez contre notre Dieu en prenant des femmes étrangères ?

28. Un des fils de Jojada, fils d'Éliaschib, le souverain sacrificateur, était gendre de Sanballat, le Horonite. Je le chassai loin de moi.

29. Souviens-toi d'eux, ô mon Dieu, car ils ont souillé le sacerdoce et l'alliance contractée par les sacrificateurs et les Lévites.

30. Je les purifiai de tout étranger, et je remis en vigueur ce que devaient observer les sacrificateurs et les Lévites, chacun dans sa fonction,

31. et ce qui concernait l'offrande du bois aux époques fixées, de même que les prémices. Souviens-toi favorablement de moi, ô mon Dieu !